ANNIVERSAIRE

16 MARS

1862

A SA MAJESTÉ

L'EMPEREUR NAPOLÉON III

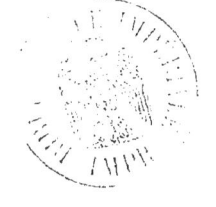

RESPECTUEUX HOMMAGE

de son très-humble et
très-obéissant serviteur et sujet

JULES FREY

PARIS

TYPOGRAPHIE ERNEST MEYER

RUE DE VERNEUIL, 2.

ANNIVERSAIRE

16 MARS

I

Les temps s'accompliront et l'Enfant grandira ;
Dieu qui nous l'a donné nous le conservera.

II

On dit qu'autrefois les rois Mages
D'une ère qui devait finir
Consultant les vagues présages,
Portaient leurs yeux vers l'avenir :

Et que, dans la nuit froide encore
Où flottait leur cœur vide et nu,
Ils rêvaient la prochaine aurore
D'un avénement inconnu.

On dit que dans l'extase sainte
De leur âme ardente à prier
S'échappait une douce plainte
Qu'au Ciel ils semblaient envoyer.
Auprès de leurs tentes arabes,
Agenouillés, priant tout bas,
Leur bouche épelait les syllabes
D'un nom qu'ils ne connaissaient pas.

Qu'attendez-vous, ô saints prophètes !
Quand, prosternés sur le sol nu,
Dans les prières que vous faites,
Vous aspirez vers l'inconnu?

Quand votre foi de la nuit sombre
Qui s'étend et pèse sur nous,
Quand votre foi dissipe l'ombre,
Saints prophètes, qu'attendez-vous?

Est-ce un livre. ouvrage des hommes,
Un soleil, ouvrage de Dieu,
Qui doit de l'abîme où nous sommes,
Éclairer le sombre milieu;
Un chef qu'à la terre asservie
Réserve un guerrier triomphant?
— Non, c'est une nouvelle vie
Sous les traits d'un petit Enfant.

Mais cet Enfant, en qui tressaille
L'avenir d'un monde nouveau;
Cet Enfant, couché sur la paille,
Et si petit dans son berceau

Que la sainte Mère choisie
Pourrait le tenir dans sa main,
Ce faible Enfant, c'est le Messie
Qui doit sauver le genre humain !

Hozannah ! le ciel s'illumine
D'une incomparable clarté ;
Un rayon de splendeur divine
Descend sur notre humanité :
Et la terre d'un cri de joie,
Dans l'Enfant que le Créateur
A son humble prière envoie,
A salué son Rédempteur.

*
* *

III

La France était en proie à des vertiges blêmes ;
De turbulents rhéteurs, travaillant les esprits,
Prétendaient révéler au peuple des problèmes
    Qu'eux-mêmes n'avaient pas appris.

Des promesses tombaient du haut de leur tribune ;
Promesses d'espérance en de plus heureux jours ;
Hélas ! le lendemain n'en amenait aucune
    Et la France attendait toujours.

Vers quel horizon bleu son regard triste et morne
Cherchera-t-il l'espoir qui de tous points la fuit ?
Quel astre rayonnant du brouillard qui la borne
    Dissipera la sombre nuit ?

Les hommes au cœur bon, à la pensée honnête.

Se disaient, confiants dans un autre avenir :

« Sur la France du moins si Dieu baissait la tête.

    « Et se penchait pour la bénir ! »

Mais rien, que des clameurs qui tourmentaient la ville.

Un pouvoir sans vigueur, les lois à l'abandon.

Des cerveaux en délire, et la guerre civile

    Secouant déjà son brandon.

Découragée alors, elle ferma l'oreille

Aux promesses du jour, livrant avec dédain

Ses rêveurs, ses tribuns, ses héros de la veille

    A ses mépris du lendemain.

Semblable à la statue au seuil du mausolée

Elle laissa tomber, après de vains efforts,

Sur sa poitrine en deuil sa tête désolée

    Et ses bras le long de son corps.

Elle attendait... Alors apparut dans la brume
Un homme dont le nom — que nul n'a surpassé —
En lui-même, en lui seul, dans sa splendeur résume
    Toutes les gloires du passé.

Il s'approche, il arrive... Avec lui l'espérance,
Avec lui le réveil, le courage et la foi ;
Un peuple entier l'acclame, et c'est toute la France
    Qui le porte sur le pavoi.

C'est bien ! — Un ciel plus pur à l'horizon se lève ;
Après l'orage aussi quand le flot vagabond
Un instant débordé déferle de la grève
    Il rentre dans son lit profond.

Mais ce n'est pas assez que le présent soit calme ;
Le triomphe du jour appelle un lendemain ;
Pour fonder un empire, il faut la double palme
    De la Force unie à l'Hymen.

Ainsi pensaient alors les hommes qui naguère
D'une folle utopie essayaient les hasards;
Et par delà les points de l'horizon vulgaire.
Ils jetaient d'avides regards.

IV

Soudain une nouvelle étoile,
Du ciel perçant l'obscurité.
A déjà déchiré le voile
Qui faisait ombre à sa clarté.
— Astre! ton nom, toi que la France
D'un œil effaré voit venir?
— Aujourd'hui, je suis l'Espérance,
Demain, je serai l'Avenir.

Oh! venez; — soyez la bénie,
Vous dont le regard noble et doux
Comme celui d'un bon génie
Fait la lumière parmi nous.
Oh! parlez; — car votre sourire
Prouve par sa sérénité,
Que votre bouche ne peut dire
Que des paroles de bonté.

Salut à vous! — Déjà rayonne
Sur l'ovale de votre front
L'auréole de la couronne
Que vos grâces embelliront.
Dans la clarté vive et sereine
Qui sur nous répand ses rayons,
O notre belle Souveraine,
C'est vous seule que nous voyons.

Oh! combien vous nous êtes chère.

Vous en qui nous aimons à voir

De femme, d'épouse et de mère

S'accomplir le triple devoir!

Dieu, dans sa sagesse profonde,

Caché, mais toujours triomphant,

A choisi pour sauver le monde,

Un homme, une femme, un enfant.

Écoutez le canon qui tonne!

Comptez ses palpitants échos...

Encore un coup... Sa voix résonne

Et du peuple agite les flots.

Du sein de la clameur sonore

Dont l'air profond est sillonné

Une voix plus puissante encore

Nous crie: « Un Prince nous est né! »

V

Enfant, vous grandirez, car Dieu vous a fait naître
Dans un jour de clémence et vous a destiné
A quelque grand dessein que nul ne peut connaître
    Mais que nos cœurs ont deviné.

Vous grandirez sous l'œil de celui que Dieu même,
Voulant équilibrer un pouvoir disputé,
A choisi pour résoudre enfin le grand problème
    Du pouvoir dans la liberté.

Vous grandirez, témoin de la veille incessante
De ce Père attentif à vous rendre moins lourd
Le fardeau du pouvoir qui, de sa main puissante,
    Passera dans la vôtre, un jour.

Vous n'aurez plus alors qu'à marcher dans sa voie :
Qu'importe que du mal le turbulent effort
S'agite autour de vous? — Puisque Dieu vous envoie
    Vous serez grand, vous serez fort.

Vous grandirez aussi sous l'œil de votre Mère :
Elle vous apprendra par quels charmes vainqueurs.
— Elle que sa bonté nous a faite si chère —
    Les Princes règnent sur les cœurs.

Vous grandirez, gardé par l'amour de la France :
Car les vieillards ont dit, en vous voyant venir :
Voici le jour de Dieu! pour nous c'est l'Espérance.
    Pour nos enfants c'est l'Avenir.

       *
   *   *

VI

PRIONS : — « Enfant béni, que le bon Dieu protége

« Ce Père qui sur vous fixe son œil profond.

« Cette Mère dont l'âme en vous seul se confond.

« La France, dont les fils feront votre cortége :

    « Et de la profondeur

    « Des voûtes éternelles,

    « Que l'Ange du Seigneur

    « Vous couvre de ses ailes ! »

www.ingramcontent.com/pod-product-compliance
Lightning Source LLC
Chambersburg PA
CBHW061421170626
46811CB00005B/2075